句集

肥後守

ひごのかみ

Namekata Katsumi
行方克巳

深夜叢書社

肥後守　目次

カバー画
Natalya Bosyak
装丁
高林昭太

句集

肥後守

ひごのかみ

行方克巳

I

何処も痛いところがなくて今朝の秋

荒れしままとは秋草のあるがまま

残照の一滴二滴烏瓜

鬼薊待ちくたびれてうなだれて
秋薊うつむいて人刺しにけり

煙茸踏んで噂の二人かな

嬰の頭ほどなる梨をもてあます

ラ・フランス腐《いた》むキャンバス匂ふまで

まづさうに描かれてラ・フランス匂ふ

秋の暮うぬぼれ鏡銀化して

秋の夜のまたファックスの歪み文字

秋風や日々忘れ日々忘れられ

よき一日のごとき一生草の花

衣被能登の七尾の藻塩もて

薄情の唇すぼめ衣被

疫病《ときのけ》のマスク外せば秋の風

青空のしんとありけり唐辛子

菊人形後ろしげしげ見られけり

死ぬあそびおしろいばなの化粧して

戦跡の露の一斉蜂起かな

あんぱんの臍が塩つぱい秋出水

秋風や腑分けのごとき江戸古地図

息ひそめをればけだもの夜の鹿

西馬音内盆踊

爪に火をともす浮世を踊りけり

やさしうてごつうて男踊かな

きはめつき男踊の女かな

帰るさの彦左頭巾をはね上げて
暗がりに踊り崩れの二三人

踊笠たたみて佇てば蹴《け》転《ころ》めく

*

秣ほども薬出されて十二月

疫病《ときのけ》の師走の疑心暗鬼かな

疫病の棒線グラフ去年今年

血の管の耐用年数寒の雨

血の管を滌ぐ寒九の水をもて

寒の水ほんとはこれが一番うまい

手袋の左右つないでゐたるころ

父を誇り母を叱りて寒《さむ》や夢

おめえらと一括りされ日向ぼこ

火の付かぬ焼けぼつくひや日向ぼこ

日向ぼこ地獄見て来し顔ばかり

狡辛い男の噂日向ぼこ

紅葉且散る石のうへ水のうへ

筏なし柵《しがらみ》なして散紅葉

綿虫や煤け給ひて祇王祇女

切貼の千鳥古りたる障子かな

薬喰みんな地獄へ行きたがる

薬喰くされ縁とはたのもしき

到来の酒は「死神」寒明くる

II

スイートピー緑の輪ゴムもて束ね

ポケットにいつの半券鳥帰る

手話の手をいくたび胸にあたたかき

ときなしのぼんぼん時計めかりどき

春の雷黒鍵ばかり叩く子よ

遠足のカババカカバと通りけり

遠足の河馬いつまでも見てゐたく

引つ攣れし処あらはに春の山

落椿踏む屍の踏み心地

蓬餅生きてゐるものだけが食ふ

こんがりと焼けばぼけ味蓬餅

花冷のエスカレーターにも奈落

*

朔日《つきたち》の花の小路に遊びけり

柳条の水漬けば緑つながれる

夜桜のその水深の空邃く

死水は今宵の味酒《うまき》花ほかひ

*

春昼のしづけさに何憤る

戦争は遠くて近し犬ふぐり

国境燃えてゐるなり鳥帰る

廃墟なり今春灯のともらねば

べつたりとビラの貼りつき春の泥

フェイクならず春泥になじまぬ血糊

そして日本

踏まれずに咲いてすみれもたんぽぽも

傘から手が出て春の雨止んでゐる

チューリップの一弁に風ぶら下がり

担ぎ屋の婆の売れ筋蓬餅

聞く耳を持たぬ治聾酒ねぶりけり

死神に耳打されてあたたかき

残雪の浅間小浅間夕霞

愚に近く大愚はるけし目刺焼く

わらわらと燃えて目刺の目なりけり

アスパラガスまた茹ですぎてしまひけり

ほのぼのと昏れて昭和の日なりけり

十本の鉛筆たのみ受験生
受験票すぐ皺々にしてしまふ

黒板に恋ほのめくや卒業期

すぐ切れし電話また鳴り冴返る

まどろめば枯山水も温みけり

水の綾風の綾なし薄氷

葦原にひそむ火の息風の息

*

花の雨飲食嫌になりにけり

齋藤愼爾死す

花の雨補聴器とれしまま眠る

湯上りのやうな死顔花の雨

喪心にこの一椀の蜆汁

さくらさきさくらちりわれ老いにけり

*

逆しまに行かぬ歳月古雛

序破急のまた序破急の春の波

振り返る他人の空似沈丁花

末黒野の一番星すぐ二番星

しらうをや十全は足らざるごとく

鳥雲に入る新宿の目に涙

＊

テレジンの会の野村路子さんの一行に加わり、ホロコーストの地を再び訪ねる

目を凝らすなり独房の春の闇

三段ベッド春の熟寝のためならず

禍星を胸に春草踏むはだし

吹っ飛びし脳《なづき》も春の土にかな

さらさらと骨片降らし名残雪

神の血も肉も饐えたり冴返る

酸つぱい肉囓りて春を生き延びし

＊

行春のカーナビがまたうろたへる

行春や地獄巡りの万歩計

III

皮を脱ぐ蛇を見てゐる鴉かな

考へる蟻とはなまけものの蟻

時の日もこの子でんでん虫時間

リラ咲いてみんなが知つてゐる秘密

銃彫のマリア観音麦の秋

自転車置場にも梅雨傘の忘れもの

躾糸抜けばはらりと白牡丹

昔々蜻蛉でありし臀《と》呫《なめ》せん

くちなはと蛙とわれとくちなはと

赤楝蛇苛みし夜の夢精かな

肥後守蛇の匂ひのこびりつき

コクリコやひとに遅れてうなづく子

西瓜切るごろんと一度転がして

白桃の隠し所の打身かな

死がありて死後がありけり金魚玉

旅いつかいづくにか果つ山法師

母の日の母ゐて母になれずゐて

八千草薫だつた確かに白日傘

梅雨の月飛白のごとく明るめる

月光のしみみに烏瓜の花

大方は散るべく咲いて柿の花

大徳寺納豆一粒半夏雨

化けて出れば逢ひたきものを半夏生

西口の交番前の薄暑かな

軽暖や昔アジトの紀伊國屋

一つ穴の貉と思ふ涼しさよ

夏の惨劇「お前らはみな外来種」

あめんぼの五体投地の水固き

昨夜よりの水溜にも水馬

雨蛙それ以上近寄らないで

お花畑見し夜の夢のやうな夢

泳ぎけり無明長夜に抜手切り

人買の目をして妻の裸見る

ゲルニカの馬が嘶き昼寝覚め

手も足も少しみぢかく昼寝覚め

鉋屑の風こそばゆき三尺寝

そのことに誰も触れざる帰省かな

晩緑やあと十年で片が付く

*

青芝の起伏耀ひファンファーレ

ダービーや殻象に鞭打つごとく

ダービーのスローモーションより抜け出す
ダービーの夜の負犬になつてゐる

大神輿入道雲へ突き上ぐる

渡御筋を丸洗ひせし白雨かな

いちまいの屏風仕立の白雨かな

鰻重のお重の蓋の松と竹

父の日のなき歳時記を持ち古りし

汕頭のハンカチーフのやうな嘘

劇中劇のごとくハンカチ握りしめ
目高より驚き易き子なりけり

いま何か踏んづけたるは蟇

*

蛍の夜生前葬の話など

蛍火や千夜一夜のひとよにて

明滅の滅を数へて蛍の夜

もう誰のためにでもなく蛍飛ぶ

山椒魚のやうな息して息止めて

バードウイーク托卵といふ生きざまも

テーブルの一点舐めて夜の蝿

山百合を抱へて死者に逢ひに行く

ささめごと昨夜のごとくに生身魂
陰撫するごと墨磨れと生身魂

てんしきの五連発とは生身魂
大鯰にも逆鱗のありぬべし

白玉を好み龍馬の志

白玉を食ひに行こかと男どち

白玉や島原小町老いたれど

白玉やさらぬわかれのありといへば

メロンより西瓜が好きとにべもなく
夏暖簾端近にして座持ちよき

後ろ肢いつも遅れてひきがへる

喀血のごとく盥の屑金魚

火の奥に火の息見ゆる夏炉かな

昨夜の蛾の展翅ロッジのガラス窓

白南風や毎日カレー曜日でも

青葉雨かつての家族写真にわれ

夏至の雲うつしてピアノ運ばるる

夏至に吹くガラスことごとく悲の器

炎昼の音叉のごとく擦れ違ふ

青葡萄沈黙もまた渇きけり

国中《くになか》は佐渡のまほろば青田風

佐渡薪能　津村禮次郎師

峠越島にもありて花サビタ

炎天を行く癋見顔仏顔

海山のあはひ昏れたり薪能

IV

新豆腐沈めし水の光かな

奥の手も逃足もなく蓑虫は
赤とんぼあしたにはどんな風が吹く

馬肥ゆるわれは贅肉たのみけり

*

北海道行

地上絵のごとくに秋の美し国

秋夕焼アイヌメノコの血色さし

七曲りして山の秋水の秋

とことはの座礁余儀なく草の花

島山の三角錐や雁渡る

文化大革命かつて文化の日

零れたる七味匂へる秋暑かな

ましら顔なるべし熟柿吸ふわれは
くわりんの実そのすべすべのでこぼこの

ノンステップバスに躓き秋の暮

てかてかのブロンズであり秋の河馬

鳥渡る新宿の目はまばたかず
夕月夜桟橋はひと悼むところ

灯火親し見ぬ世の友と見しひとと

稲光いま無呼吸のわれならずや

このまま死ぬことも考へ穴惑

微動だにせぬよ日向の穴惑

水深のごとき夕ぐれ沼空忌

蛇笏忌や酒のごとくに水銜み

働かず競はず勤労感謝の日

神無月黄泉醜女を道づれに

V

年賀状山猫軒の主より

はつゆめにみぐるみはがれたればなまこ

竹梯子富士に懸けたり出初式

下克上よりも逆縁雪しづり

雀らも絶滅危惧種落葉籠

万太郎句碑

芥子粒のごときいろはや冬桜

短日の赤んぼいつまでも泣かす

気力体力財力いづれ十二月

食ひもの屋ばかり繁盛十二月

腑に落ちぬことのいまさら十二月

狸でも貉でもなく十二月

負けまじく極月のわが食ひ力

ぶくぶくと柚子が湯をふく冬至風呂

冬至湯に老骨を折りたたみけり

クリスマス死者の未読の一行詩

海鼠のどこ突つついても海鼠

おでん酒二人とももう若くない

鯨肉といふ一と包み秘密めく

誕生も死も海染めて鯨の血

熊どうと倒れ一山ゆるぎけり

虚にあそび実に迷ひて近松忌

抜けがけの小才もあらず近松忌

年つまる百聞も一見もなく

運鈍根固く巻き込み新暦

口噤ぐなまこ半分ほど凍てて

なまこ的処世訓たれ海鼠食ふ

先手必勝とは思へども海鼠かな

鮟鱇の今生憂しと恥《やさ》しとぞ

老来の企み一つ春を待つ

あとがき

私にとって俳句とは、「季題発想による一行のものがたり」と考えるようになった。

ずいぶん前から、「深夜叢書」から句集を出すことを決めていたのだが、齋藤愼爾が亡くなってから出版するとは思ってもみなかった。句集の中に、彼を悼む句があるなんて、なんともさびしい限りである。

八十路人になった今、この十年で何が出来るだろうかなどと考え込んでしまう。いわゆる終活の一として、『行方克巳季寄せ』を作ったが、あとどれほどの存念を残せるか——。

『肥後守』は、『晩緑』につぐ私の第九句集になる。題名は、

肥後守蛇の匂ひのこびりつき

からとった。私の裡なる「少年A」の物語である。

令和六年五月

行方克巳

行方克巳　なめかた・かつみ

一九四四年六月二日、千葉県生まれ。慶應義塾大学文学部在学中より清崎敏郎に師事。一九七一年より、慶應義塾中等部の国語教諭を務める。一九九六年、西村和子とともに「知音」創刊、代表。句集に『無言劇』（一九八四年／東京美術）、『知音』（一九八七年／卯辰山文庫／第十一回俳人協会新人賞受賞）、『昆虫記』（一九九八年／角川書店）、『祭』（二〇〇四年／角川書店）、『阿修羅』（二〇〇九年／角川学芸出版）、『地球ひとつぶ』（二〇一一年／ふらんす堂）、『素数』（二〇一五年／角川書店）、『晩緑』（二〇一九年／朔出版）、『行方克巳季寄せ』（二〇二三年／ふらんす堂）。ほかに、第一句集以前の句作や評論をまとめた『漂流記』（二〇〇九年／ふらんす堂）、エッセイ集『世界みちくさ紀行』（二〇一五年／深夜叢書社）、共著に『名句鑑賞読本　茜の巻』『名句鑑賞読本　藍の巻』（ともに二〇〇五年／角川学芸出版）がある。

句集　肥後守
二〇二四年六月二日　初版発行
著　者　行方克巳
発行者　齋藤愼爾
発行所　深夜叢書社
郵便番号一七六―〇〇〇六
東京都練馬区栄町二―一〇―四〇三
info@shinyasosho.com
印刷・製本　株式会社東京印書館

ISBN978-4-88032-504-0 C0092